Impression : BoD - Books on Demand, In de Tarpen 42,
Norderstedt (Allemagne)

Impression à la demande
ISBN : 978-2-3225-1969-9
Dépôt légal : février 2024

MAXIME DUPETITMAGNEUX

LES CONTES DE
L'ARBROCRISTAL

L'histoire première

Édition 2024

Préambule

J'ai commencé à écrire les premiers contes de l'Arbrocristal à l'été 2019. Ils sont venus comme ils le sont dans le livre que vous tenez en main, dans cet ordre et avec très peu de corrections. Les contes sont des êtres vivants selon Luis Ansa. Je continue à découvrir ceux qui peuplent ce recueil à chaque lecture.

J'ai eu à cœur de les écrire dans la connexion la plus profonde à mon intuition, en me jetant dans la page blanche, en demandant à l'Arbrocristal de guider ma plume. Il s'agissait de lâcher prise, phrase après phrase, tout en restant vigilant à ce qu'aucune autre voix ne s'invite dans le processus. Tellement de croyances, de réflexes de pensée, de lieux communs auraient pu rompre l'instant magique pour rassurer le mental avide de structure et de logique. Cette écriture en suspension m'a permis de découvrir chaque histoire comme si je l'entendais, à l'ombre d'un arbre, susurrée par le bruissement des feuilles.

Ces contes se placent dans un temps bien au-delà de notre présent. S'ils font souvent référence à celui-ci c'est, je crois, pour nous donner des points d'accroche, un support tangible à ce qu'ils veulent nous transmettre. Pour autant ils semblent aussi se nourrir d'une sagesse ancienne, primordiale. Si, comme le pense Drunvalo Melchisédek, « le temps est sphérique, le futur a déjà eu lieu », peut-être leur insouciance, leur espièglerie et leur mystère proviennent-ils de l'avenir pour nous inspirer ?

Je vous souhaite une belle lecture, fraîche, méditative, joyeuse et douce.

Maxime

Erméalde et Sigésia

L'une des histoires qui se racontait beaucoup au pied de l'Arbrocristal était celle d'Erméalde et Sigésia.

Erméalde n'avait rien d'un héros. Il vivait dans la région de Courtesie ou il écoulait des jours paisibles. Il n'était pas intéressé par le vaste monde et les femmes se détournaient de lui pour cette raison. Ce n'était pourtant pas par manque de courage, il le savait au fond de lui même. C'est plus que le petit monde qui l'entourait, avec ses jardins, ses fleurs, ses plantes multicolores, ses insectes à ailes ou à coquilles, ses animaux à pattes ou à plumes, et ces gens aux visages et aux esprits aussi divers et variés, lui semblait déjà immensément riche à explorer. Il y passait des heures en interminables interrogations. Il demandait à la fourmi ce qu'elle fabriquait, au roseau s'il poussait bien, au faucon s'il allait pleuvoir ou neiger, et aux gens ce qu'ils pensaient de ceci ou cela. Les habitants s'en agaçaient avec gentillesse, mais Erméalde se sentait tout de même à part. Il avait l'impression de ne pas s'intéresser aux mêmes choses que les autres.

De son côté Sigésia vivait au palais de Grottemine où elle éblouissait tout le monde par sa vivacité. Elle parlait aussi aux arbres, plantes, animaux mais elle c'était pour les rassurer, les réconforter, les aider à pousser... Elle n'avait peur de rien et connaissait la contrée comme sa poche ! Comme elle voulait voir du pays, elle alla demander au Conseil l'autorisation de participer à la Caravane de la Joie qui essaimait ses festivités dans toute la région pendant l'été. Connaissant son tempérament le Conseil se garda bien de lui refuser ce plaisir. Et c'est ainsi qu'elle partit, chevauchant Tigri, son double poney préféré, et portant avec elle un toucan et un petit rosier. Elle voulait comprendre comment la Caravane faisait pour transporter la joie de village en village. Et, chemin faisant, elle se rendit compte qu'elle pourrait tout à fait passer sa vie à le faire tant l'accueil des villageois était chaleureux.

C'est ainsi que, dans un petit village de Courtesie, elle fit la connaissance d'Erméalde. Tout le monde riait, chantait, buvait... Les amours se faisaient, la nourriture qu'apportait la caravane remplissait les buffets tandis que les villageois remplissaient ses chariots de mets et d'offrandes pour les villages voisins. Le solitaire Erméalde n'échappa pas à l'œil taquin de Sigésia qui s'approcha de lui.

– Pourquoi es-tu si triste petit homme ? lui lança-t-elle, préparant pour lui une boisson épicé en réajustant son corsage. Tout le monde s'amuse et se délecte de notre venue, mais toi tu restes dans ton coin comme si tu étais ailleurs... Qu'est ce qui peut bien te tourmenter ?

Erméalde la regarda comme si elle marchait sur la tête.

– Je ne suis pas triste, Madame. C'est juste que je ne comprends pas la joie. Et quand je ne comprends pas, je n'apprécie pas !

- Qu'est-ce que tu me racontes là petit homme ? Depuis quand faut-il comprendre quelque chose pour l'apprécier ? C'est justement ce qu'on ne peut pas comprendre qu'on peut apprécier !

Et Erméalde de répondre :

– Je ne comprends pas...

À ces mots Sigésia l'embrassa sur la bouche et, tout en le regardant satisfaite, lui révéla :

– La partie de nous qui comprend ne sait pas apprécier. Et la partie de nous qui apprécie ne sait pas comprendre. Je reviendrai l'année prochaine, tu me diras si tu as compris !

À partir de ce jour, Erméalde se mit à parler aux êtres pour les rassurer au lieu de leur poser des questions.

Le Chemin de Léo

Léo était un passeur, cette caste de mi-hommes mi-guerriers qui vouaient leur vie à des causes non sans conséquences… Le genre de carrière qu'on ne décidait pas de suivre étant enfant. Plutôt quelque chose comme une qualité intrinsèque qui mettait inévitablement sur votre route les embûches et les personnes qui mettraient cette vocation en lumière.

Il en était ainsi de Léo qui, doué pour les lettres, la poésie, la musique, n'en était pas moins un enfant pragmatique et inventif, un adolescent naturaliste et fugueur, un homme parti loin en Orient chercher des réponses, et finalement ce passeur sans âge qui accueillait, conduisait et laissait partir. Si vous lui demandiez ce qui le motivait dans cette tâche il vous répondait que les passants étaient comme les pensées. Pourtant personne ne le laissait indifférent et personne ne sortait indemne de sa rencontre. La forêt mystérieuse que son chemin traversait y était-elle pour quelque chose ? Ou était-ce cette capacité qu'il avait d'être toujours serviable et sans malice ?

Les gens qui avaient cheminé avec lui parlaient souvent de choses extraordinaires vues dans le bois. Mais, comme ils avaient tous une version différente, tout le monde riait d'eux dans les auberges de la région. Tant que Léo n'était pas là bien sûr. Car quand Léo était là, personne ne doutait du merveilleux qui l'entourait. Ses yeux perçaient le fond de l'âme, si l'on se risquait à les croiser, et déposaient là quelques charbons ardents qui commençaient immédiatement leur travail de transmutation : une chaleur douce vous envahissait, et vous pouviez rester hébété pendant des heures après ce contact si vous n'aviez jamais pris le temps de vous asseoir un moment avec vous-même. C'était peut-être leur couleur dorée qui faisait cet effet.

Un jour qu'il était attablé, écoutant les histoires qui circulaient, trois mystérieux individus s'approchèrent de lui et entreprirent de le défier.

– L'ami ! On raconte beaucoup de choses sur toi et ton chemin ! Mais nous, qui venons de loin et avons vu beaucoup de choses, nous savons que ce qui se raconte n'est que le reflet de stratagèmes et d'artifices que nous pourrons facilement déjouer...

Léo, qui était toujours d'humeur égale, regarda chacun d'eux avant de répondre. Le silence s'était fait dans l'auberge car personne ne voyait même l'intérêt d'importuner Léo.

– Voyageurs ! Je ne doute pas que, si je vous menais, nous ferions le plus ennuyeux des trajets. Et je n'ai pas le cœur de vivre un tel ennui aujourd'hui. Mais, si vous le souhaitez, prenez donc place à ma table et bavardons un moment. D'où venez vous ?

Et la conversation s'engagea. Les godets se suivirent. Puis les écuelles de soupe. Pour finir par quelques flacons de liqueurs multicolores. Chacun des trois compères chercha à impressionner Léo par ce qu'il avait vu, fait, entendu au gré de ses voyages pendant que lui continuait de savourer ses éternels abricots secs, levant de temps à autre un œil brillant sur l'un ou l'autre de ses convives et commandant régulièrement de nouvelles victuailles auxquelles il ne touchait pas. Repus et n'ayant plus d'histoires à raconter, les trois furent bien obligés de prendre chambre.

À leur réveil, au chant du coq, ils furent stupéfaits de découvrir que tous leurs effets avaient disparu ! Il ne leur restait que la chemise dans laquelle ils avaient dormi ! Ils clamèrent leurs grands dieux à l'aubergiste qui d'un sourire en coin leur indiqua la direction du chemin de Léo, tout en leur préparant trois besaces de vivres, de vêtements légers et confortables, et de petit outillage bien pratique lorsque l'on traverse une forêt inconnue...

Ils trouvèrent Léo assis sur son éternelle souche, à l'orée d'un bois qui semblait bruisser de mille vies.

– L'ami ! Tu nous as bien eus ! Tu nous as drogués, endormis et volés ! Rends-nous ce qui nous appartient !

Il les regarda tous les trois dans leurs chemises aux pieds nus.

– Mes très chers frères, et toi ma sœur, vous vous êtes dénudés vous même de vos propres histoires et vos biens n'en étaient que les reflets ! En écoutant les contes extraordinaires qui se rapportent sur mon chemin et en voulant leur donner une explication logique, vous avez fait vos premiers pas sur le chemin de Léo. Vous êtes arrivés par vous même à la conclusion que vos histoires étaient moins passionnantes que celles que vous aviez entendues et vous avez décidé de vous voler tous trois ! Dans ces besaces que vous n'avez pas pris peine d'ouvrir vous trouverez vos effets et bien plus encore. Mais sachez que, si vous voulez poursuivre sur mon chemin, je ne peux que trop vous conseiller de tout laisser ici et de n'y entrer qu'en chemise.

Les trois se regardèrent sans comprendre, ouvrirent leurs besaces et y trouvèrent leurs affaires propres, sentant bon la lessive, les trous subtilement rafistolés, les armes et les bijoux lustrés, et même une petite bourse en cuir contenant pour l'un des pièces d'or, pour l'autre des diamants et pour la troisième des serpents vivants.

Sentant la peur envahir ses compagnons la voyageuse laissa là sa besace et pénétra nue dans le bois. Les deux compères se lancèrent à ses trousses mais ne la trouvèrent jamais. Alors les serpents redevinrent bouts de bois, les diamants redevinrent cailloux, et les pièces d'or redevinrent eau. Et Léo pressa ses lèvres sur un abricot sec avant de mordre dedans en levant un œil brillant vers le ciel.

Le grand banquet de Sidoumbé

Au grand banquet de Sidoumbé il était parfois difficile de trouver place. Les étals rayonnaient de mille fumets. Il était possible de goûter à à peu près tout ce qui pouvait faire pétiller les papilles d'une manière ou d'une autre. C'était une des rares occasions d'avoir sous les yeux et aux naseaux ce que les humanités avaient produit de meilleur au long des millénaires.

La procession de marchands, bétaillers, cuisiniers durait plusieurs jours avant l'événement. À son arrivée, chaque chef de convoi se rendait à la Cabane du jet de dés. À l'intérieur l'attendait un simple godet en cuir et un dé à six faces posé sur une petite table à l'abri des regards. Le chef de convoi effectuait un jet de dés. Le résultat en était l'affectation de ses marchandises et des compétences de son convoi à l'un ou l'autre des quartiers de la ville. Ainsi les plus aisés du quartier central n'étaient pas toujours sûrs d'avoir les meilleurs victuailles, et les quartiers périphériques plus modestes pouvaient selon le sort goûter aux mets des rois.

Les campements se dressaient alors tout autour de la ville, formant un anneau de tentes multicolores, lui-même serti du ballet incessant des Récupérateurs, ces hommes et ces femmes volontaires dont la tâche consistait à rendre bénéfiques d'une manière ou d'une autre tous les déchets produits dans l'organisation du banquet. Il fallait pour faire partie de cette équipe prestigieuse, dont la mission était conçue comme de premier ordre par l'ensemble de la population, proposer sa candidature dès le solstice d'hiver. On était prévenu à l'équinoxe de printemps de sa participation aux ateliers d'expérimentation créative et aux rencontres d'entraide technique générale.

Ce qui faisait la richesse de cette expérience, c'était l'infinité des horizons d'origine des participants. C'était une occasion unique d'apprendre telle ou telle manière de transformer un déchet de cuisine en objet de décoration inspirant ou en ustensile ingénieux. L'imagination rencontrait la technique de l'autre et chacun visait un niveau d'excellence qui lui permettrait de réagir avec rapidité et clairvoyance à la ribambelle disparate de rejets produits par les campements autant que par la ville. Leur capacité de transformation flirtait avec la magie car tout entre leurs mains devenait beauté, fertilité, création. C'étaient eux qui faisaient que ce banquet célébrait la vie, du centre à sa périphérie, la nourrissait, l'embellissait. Et chaque Récupérateur avait une grande conscience de sa mission.

Les objets créés à l'occasion du grand banquet de Sidoumbé étaient prisés dans toutes les foires de la région. Et bien souvent on en trouvait des copies plus ou moins réussies des années encore après le banquet lui-même. Parmi les Récupérateurs, les Boueurs constituaient l'ultime maillon de la chaîne. Ils avaient pour mission de créer des boues à partir des déchets non transformables. On prêtait à ces boues des propriétés de fertilité et de créativité. Elles étaient partagées avec les autres cités comme le bien le plus précieux.

Et il en était des gens comme ils ont étaient des choses et des biens. Chacun de ce voyage revenait transformé, plus riche en découvertes, en nouveaux langages, en nouvelles techniques, en nouvelles compréhensions. Les méditants descendaient exceptionnellement des montagnes pour offrir leur rayonnement. Des bulles de silence côtoyaient ainsi les festivités.

Pour les jeunes gens c'était une occasion unique de faire le point sur leur avenir dans le Village des Aspirations. S'y trouvaient toutes les voies possibles. Et, pour chacune d'elles, un spécialiste en partageait les joies et les peines. Les vocations y naissaient bien souvent d'une rencontre transformatrice qui nourrirait l'aspirant pour des années à venir. Les erreurs de parcours y trouvait l'opportunité de se corriger.

Lorsqu'on entrait dans le Village des Aspirations, deux portes nous faisaient face. Au-dessus de l'une était indiqué en lettres d'or le mot – Bonheur. Au-dessus de l'autre en lettres de bois le mot – Vérité. Ensuite les arts, les sciences, les activités, se développaient en ramifications selon ce premier souhait de l'aspirant.

Il était courant qu'au cours de sa vie un individu ait exploré plusieurs voies de l'arbre du Bonheur avant d'être attiré par l'arbre de la Vérité. Plus rarement, certains jeunes gens se sentaient appelés dès leur première visite au Village par l'arbre de la Vérité. Il n'était un secret pour personne que les ramifications des deux voies finissaient par se mêler, au point qu'on ne puisse plus les différencier. Les vocations n'étaient pas différentes d'une voie à l'autre. Mais en choisissant l'une ou l'autre des portes, l'aspirant donnait une précieuse indication à ses interlocuteurs, car à son entrée, il recevait suivant son choix une broche d'or ou une broche de bois qu'il arborait fièrement tout au long de son parcours, et devrait rendre à sa sortie.

Chaque ramification possédait ses zones d'ombre : pilleurs de tombes, bandits de grand chemin, spéculateurs et escrocs en tous genres pouvaient raconter leur vie sans craindre représailles. Il était convenu qu'un parcours sinueux fait d'errances plus ou moins au service du bien commun pouvait enrichir l'expérience globale humaine et permettait à tout le moins à celui tenté par une vocation antisociale de savoir où il mettrait les pieds. C'était aussi l'occasion d'évaluer la poursuite d'une vocation de ce type au regard du foisonnement de voies proposé dans le Village. Et l'on considérait qu'une ramification ignorant ses propres excès ou failles était plus dangereuse qu'une autre leur donnant voie au chapitre.

Douna caressa sa broche de bois patinée par les centaine d'aspirants qui l'avaient caressé avant elle. C'était seulement la deuxième fois qu'elle entrait dans le Village des Aspirations. L'année dernière elle était entrée par la porte Bonheur et n'avait pas réussi à trouver chaussure à son pied. Elle avait passé l'année à aider ses parents à la ferme en espérant fort que la broche de la Vérité l'aiderait à sentir son cœur bondir pour l'une ou l'autre des voies possibles. Quand la plupart des gens de son âge se pressaient autour des stands prestigieux des arts, des langues, des inventions, elles se sentit irrésistiblement attirée par un petit stand, dont le tenancier cachait ses yeux sous une capuche tout en aiguisant un couteau luisant.

- Bonjour l'ami ! Quelle est donc ta spécialité ?

Seule la bouche de l'homme s'anima, ses yeux restant masqués et la pierre continuant de glisser sur la lame au même rythme.

- Je corrige. répondit-il.

Intriguée, Douna questionna en mettant en évidence sa broche de bois.

– Et que trouves-tu donc à corriger ? Le monde ne te convient-il pas tel qu'il est ?

– Qui a dit que je corrigeais le monde ? proposa-t-il, comme une question qu'il se posait à lui-même.

– Si tu ne corriges pas le monde, la seule chose que tu peux corriger c'est toi-même ! osa Douna, en posant ses mains délicates sur le bois du stand. Serais-tu l'un des rares représentants en ce lieu dont l'objet ne soit pas de corriger le monde mais de se corriger lui-même ?

L'homme leva deux yeux perçants sur Douna qui chancela sous l'impact.

– Tu as raison jeune fille. C'est le monde qui nous corrige. Pas l'inverse. Je ne suis qu'un serviteur du monde. Souhaites-tu suivre ma voie ?

– Avec joie ! répondit-elle sans hésiter.

Gérobi

On ne savait pas d'où venait l'Arbrocristal. Certaines légendes parlaient du Peuple de l'Arbrocristal, disparu depuis longtemps, mais dont les reliques, réelles ou présumées, vibraient dans les foyers.

Ainsi le jeune Gérobi restait parfois de longues heures à contempler une sculpture de bois sertie d'un cristal blanc. Il était dit que cela avait été trouvé dans la terre, à l'endroit même où il était exposé dans la maison. Les parents de Gérobi lui accordaient une attention particulière, le saluaient lorsqu'ils entraient dans la maison, lui envoyaient un baiser lorsqu'ils la quittaient, ou simplement lorsqu'ils passaient devant. Gérobi avait remarqué que lorsqu'il restait longtemps à regarder dans le cristal ses questions du moment trouvaient des réponses, aussi inattendues soient-elles.

Aussi, après avoir aperçu pour la première fois la jolie Déférie qui vendait ses légumes au marché du village, il médita longuement, les yeux plongés dans le cristal. Lui vint alors une idée qui l'excitait autant qu'elle le terrifiait.

Une semaine plus tard, ses parents étaient les premiers

surpris de le voir poser son propre stand au marché. Les quelques légumes que sa maman avait bien voulu lui donner faisaient pâle figure à côté de l'étalage de Déférie. Et c'était bien normal puisque les parents de Gérobi étaient spécialisés dans la laine. Mais le jeune Gérobi mit tant de cœur à les vendre, en leur prêtant des pouvoirs magiques, que bientôt Déférie s'approcha.

– Ce sont des légumes tout-à-fait ordinaire ! Comment peux-tu les prétendre magiques ? lui demanda-t-elle.

– Ils sont magiques car ils ont poussé dans la terre où a été trouvé un morceau de l'Arbrocristal ! répondit fièrement Gérobi.

– Ils sont chétifs. J'aurais cru que de tels légumes auraient un plus bel aspect... dit-elle comme à elle-même en tournant autour du petit étal.

– Tu ne vois pas leur magie ? demanda sincèrement Gérobi à la jeune fille qui tournait autour de lui en l'étourdissant un peu.

– Je n'arrive pas à arrêter de les regarder... répondit Déférie en fixant la poignée de légumes.

Puis, s'arrêtant soudain :

– Écoute, je te les échange contre une poignée de mes

légumes, bien plus beaux et gros.

Gérobi regarda l'appétissant étalage de Déférie.

– Tes légumes sont avec certitude les plus beaux de la région... aventura Gérobi, un peu de rouge aux joues. Mais ils ne valent pas mes légumes magiques ! lança-t-il comme une fin de non-recevoir.

Déférie fit trois nouveaux tout autour de l'étal de Gérobi en fixant les légumes.

– Écoute petit garçon, j'ai compris. La magie vient de toi. C'est toi qui les a rendus magique à mes yeux. Je t'achète pour une poignée de mes légumes !

– Mais... je ne suis pas à vendre ! s'inquiéta Gérobi.

Déférie resta pensive un moment, son regard sautant des légumes au jeune garçon, du jeune garçon aux légumes.

– Je veux voir le morceau de l'Arbrocristal ! lui lança-t-elle avec un air de défi.

Cet échange prenait un tour de plus en plus étrange pour Gérobi. Il se sentait démasqué, mis à nu, et la situation lui échappait totalement. Déférie lui semblait de plus en plus terrifiante et vorace. Derrière elle, son étal s'animait, les légumes prenaient vie et ouvraient des bouches aux pépins menaçants...

Gérobi, chancelant, toucha l'un de ses légumes et les choses s'apaisèrent. Il regarda Déférie. Elle lui semblait chétive à présent.

– Je ne veux pas que tu m'achètes car tu ne sais pas rendre les choses magiques, même les plus insignifiantes. Par conséquent, si je vais avec toi, il est fort probable que je te rende magique, mais tu ne pourras pas en faire de même pour moi, improvisait-il, retrouvant son aplomb. Je ne sais pas si le bout de bois sertissant un caillou blanc est un morceau de l'Arbrocristal, et personne ne le saura sans doute jamais.

Puis Gérobi rangea ses légumes et son étal. Il n'était plus un petit garçon.

Le soir, en rentrant chez lui, il fit un clin d'œil au caillou blanc :

– Merci pour cette leçon !

L'histoire première

Au cœur des légendes de l'Arbrocristal, l'une d'elles faisait figure d'histoire première. Elle était racontée par les esprits les plus habiles et les plus créatifs. Car pour beaucoup, elle constituait un labyrinthe dans lequel il était facile de se perdre. L'occasion de l'entendre était comme sentir des racines remplacer vos pieds et s'enfoncer profondément dans la terre, pendant que vos cheveux s'élevaient en ramifications complexes vers les étoiles.

Les raconteurs la considéraient comme la plus sauvage de toutes les histoires. Elle leur donnait du fil à retordre car ils ne savaient jamais sous quel jour elle allait se présenter. Ainsi, à chaque fois qu'un raconteur la racontait, il gagnait en humilité. Le public le savait. Et c'était avec beaucoup de gratitude qu'il se rassemblait pour découvrir un nouvel aspect de l'histoire première et encourager le vaillant raconteur dans son exercice de domptage. Le peuple de l'Arbrocristal l'avait créée ainsi. Qu'elle soit toujours différente et transformatrice de son auditeur comme de son porteur. Il arrivait souvent qu'un silence pesant s'installa pendant que le raconteur évitait les impasses et les faux semblants que lui envoyait l'histoire.

On la recevait comme une graine endormie. Et elle créait un lien direct avec le peuple de l'Arbrocristal. Et avec l'Arbrocristal lui-même. Certains au fil de leur vie découvraient qu'ils avaient la capacité d'éveiller la graine. Cela arrivait généralement sans prévenir. La question d'un enfant, un sentiment diffus d'incomplétude après avoir entendu la version d'un raconteur, ou une méditation à l'ombre d'un arbre qui laissait entrevoir un aspect nouveau de l'histoire que l'on se sentait appelé à explorer... L'histoire première permettait à chacun de retrouver, s'il l'avait perdu, son lien au grand ensemble. Le grand ensemble était la clé suprême contenue dans la graine.

Quand la graine germait à l'intérieur d'un nouveau raconteur, un frisson parcourait tous les porteurs de l'histoire première. Certains le prenaient comme le fruit d'un simple courant d'air. Les plus avisés savaient qu'en ce monde un nouveau raconteur de l'histoire première était né. Il commencerait son long chemin de villes en villages, affinant ses perceptions, corrigeant ses suppositions, exerçant les arts qui lui convenaient pour insuffler toujours plus de vie dans la graine. En retour la graine germée l'inspirerait, lui soufflerait mots, rythmes, mélodies, danses, cabrioles comme une fontaine avide de se déverser dans les cœurs de ses auditeurs.

C'était un chemin solitaire. On ne connaissait pas deux raconteurs qui sachent ensemble transmettre la graine sans la briser. Si, par le plus grand hasard, deux raconteurs entraient en même temps dans le même village, l'un des deux proposait de s'asseoir pour écouter l'autre. Le lendemain ce serait son tour de raconter sa version de l'histoire.

Marimi avait senti très tôt la graine s'éveiller en elle. Elle faisait partie de ces hordes d'enfants qui accueillaient les raconteurs à l'entrée des villages, et elle était parmi les premiers assis au pied de l'arbre aux histoires que les anciens avaient généralement placés dans une clairière, sur une colline, au bord d'une rivière, bref un lieu qui laissait place à la rêverie et aux souvenirs de soi-même, un peu excentré de la vie quotidienne des villageois. Le raconteur s'y préparait quelques heures durant, dormant, méditant, harmonisant ses instruments à l'esprit des lieux, demandant l'accord des anciens pour raconter son histoire. Lorsqu'il était prêt, il le signifiait par une danse au tambour qui prévenait les villageois qu'ils pouvaient approcher. Des bougies colorées étaient disposées aux branches, illuminant les carillons qui guideraient la raconterie au gré du vent. Le raconteur devait en effet être attentif aux signes que lui envoyait la nature et qui pouvaient donner une direction nouvelle à l'histoire.

C'est ainsi que Marimi sentit très tôt la graine palpiter en elle. Elle observait de loin le raconteur se préparer, mimait ses gestes, cachée derrière un buisson. Lorsqu'il avait fini sa raconterie, elle allait souvent le ou la voir pour lui poser des questions, savoir où il ou elle allait ensuite, si il ou elle allait revenir. Un raconteur ne savait jamais combien de graines avaient pu être plantés dans les cœurs de l'auditoire. Pour certains c'était une découverte et elle se faisait sentir par une petite palpitation au niveau du thymus. Pour d'autres c'était un renforcement et ils la sentaient vibrer plus fort à chaque raconterie. À certains, le sens et la magie contenus dans l'histoire première échappaient complètement. La relation qu'on entretenait avec sa graine était de toute façon très personnelle.

Mais Marimi sentait qu'elle germait en elle. Ce n'était pas qu'une vibration. Lorsqu'elle en parlait aux raconteurs, ils lui expliquaient que telle était sa voie, qu'elle parcourrait un jour le monde pour transmettre l'histoire première et qu'elle pouvait en être fier. Et chaque fois qu'elle les écoutait, elle sentait la graine croître encore en elle.

Un jour elle sentit qu'elle était prête. Ses parents savaient que ce jour arriverait. Son père lui apporta le cheval qu'il lui préparait depuis de longs mois déjà, sa mère lui apporta les vêtements, sacs et ustensiles qu'elle lui avait confectionnés, son frère lui offrit une flûte sculptée dans un bois sombre presque minéral. Elle partit à la belle saison. Il fallait se rendre auprès d'un faiseur de tambours, passage obligé de tous les raconteurs. Les faiseurs de tambours étaient d'anciens raconteurs que les jambes ne pouvaient plus porter sur les routes. Chez eux la graine était ramifiée et l'on pouvait voir ses racines à travers la peau. Tout était intuition chez eux, et il était difficile au commun des mortels de croiser leur regard tant il perçait l'âme. Pour les raconteurs novices cette rencontre avait valeur d'initiation.

Nul ne savait ce qui se déroulait pendant les trois jours où le novice restait chez le faiseur de tambours. Mais chacun s'accordait à dire qu'après être passé chez le faiseur de tambours le nouveau raconteur affichait une sérénité inébranlable mêlée à une force paisible.

Marimi descendait. La lune était pleine, son tambour au flanc de son cheval. Les étoiles semblaient chuchoter des mystères aux cimes des pins. Au loin semblaient se rapprocher les lueurs d'un hameau. Elle sentit un petit craquement dans sa graine. Elle venait de s'ouvrir. L'histoire première allait maintenant lui être révélée au fil de ses raconteries…

Les hommes feu

On raconte que bien avant les temps actuels, et même bien avant le peuple de l'Arbrocristal lui-même, les hommes s'étaient laissés dompter par le feu.

Oubliant qu'ils étaient eux-mêmes dotés des mêmes pouvoirs que lui, ils s'entraînaient les uns les autres dans des batailles invraisemblables dont nul ne sortait jamais vainqueur. Durant ces siècles de servitude au feu, les hommes n'avaient de cesse que de créer des feux toujours plus grands, toujours plus destructeurs. Ce n'était pas tant sa beauté qui les fascinait que sa capacité à réduire tout ce qu'il fréquentait un peu trop longtemps en cendres et en silence. Et il aurait pu en être ainsi bien longtemps s'il n'était apparu ce que nous appelons aujourd'hui les hommes feu, dont les découvertes sont le socle sur lequel se reposent toutes nos relations, qu'elles soient avec le futur, le passé ou le présent, entre les membres d'une famille, d'une communauté, entre un maître et son apprenti autant qu'entre les peuples.

On ne sait s'il y eut un premier et un second homme feu. Et il serait ridicule de les compter tant leur œuvre réelle se parsème au gré des millénaires. Comme le feu lorsqu'il entra dans la vie de l'homme le changea, les hommes feu se sentirent d'abord transformés par quelque chose à l'intérieur d'eux-mêmes. Cela les amena souvent à peindre, à écrire, à pousser des recherches. Ainsi ils contribuèrent pour beaucoup aux progrès humain. Mais pendant très longtemps le but qu'ils poursuivaient leur échappait comme un mirage lorsqu'ils essayaient de le saisir. Et pour cause, car l'essentiel de leurs oeuvres restait inachevé. Pour l'homme, le feu devait être extérieur, se voir, faire boum, que ce soit pour détruire ou pour toucher le cœur des gens. Ainsi poètes, architectes, chercheurs épuisèrent pendant des siècles leur feu en œuvres extérieures dont l'incomplétude flagrante échappait pourtant à tous à l'époque.

Les premiers hommes feu apparurent sans doute aux quatre coins du monde, de la manière que le feu fut sans doute domestiqué de diverses façons et à maints endroits lorsque son histoire commença à se mêler à celle de l'homme. S'agit-il d'une évolution ? Pour beaucoup les découvertes des hommes feu s'apparentent plutôt à une remémoire. Ce que cette remémoire à d'exceptionnelle c'est que justement son objet, et même son combustible, est la mémoire. Il semble que les premiers hommes feu commencèrent d'abord par brûler leurs œuvres avant de comprendre ce qui les animait de l'intérieur. Beaucoup prirent peur lorsque ce pouvoir s'éveillait en eux et tâchaient de l'endormir en s'éparpillant du mieux qu'ils pouvaient dans le monde et les substances. Certains en secret commencèrent à l'apprivoiser.

La première chose qu'ils découvrirent était qu'ils n'avaient pas besoin du feu physique pour brûler ce qui avait besoin de l'être. Leur feu intérieur était suffisant. Ainsi leurs œuvres purent de nouveau se répandre sur la planète et transmettre cette part de vérité qu'ils étaient seuls à connaître. La deuxième chose qu'ils découvrirent était qu'ils pouvaient à travers ce feu brûler et réduire à néant toutes les pensées, toutes les émotions, toutes les souffrances qui les encombraient. Cette découverte fut un séisme dans la structure de l'ancien monde où l'extériorisation du feu humain produisait d'immenses douleurs.

Certains hommes feu commencèrent alors à mettre cette capacité au service des autres. En fonction des sociétés et des pouvoirs en place ils portèrent des noms différents et usèrent de leur pouvoir de différentes manières mais toujours leur mission s'apparentait à accueillir la douleur pour la réduire en cendres. Ainsi leur troisième découverte fut que plus ils brûlaient le feu extériorisé des hommes dans leur cœur, plus les hommes apprenaient à garder leur feu à l'intérieur, et à devenir ainsi eux-mêmes des hommes feu.

On sait qu'aujourd'hui on apprend dès notre plus jeune âge à utiliser notre feu intérieur pour brûler les émotions parasites. Et il peut être difficile d'imaginer que cela n'a pas toujours été le cas. Mais il est important de se rappeler que, dans l'histoire de l'humanité, il y eut un âge où chacun ne se sentait pas responsable de ses pensées, de ses humeurs, et les laissait sortir, polluer, enflammer tout ce qu'elles approchaient. Il fallut de nombreuses époques, de nombreux essais, aux hommes feu pour comprendre ce dont ils étaient capables. Ils n'ont pas besoin de notre reconnaissance, mais c'est leur remémoire qui brûle dans nos cœurs et nous aide aujourd'hui à brûler ce qui doit l'être…

Au sortir des rêves

Il fut un temps où les hommes croyaient dans leurs rêves.

Ils s'y absorbaient, sans nécessairement les comprendre, les laissaient infuser le temps nécessaire, puis les offraient au monde sous forme de créations, d'inventions, de modelages de la réalité dont ils tiraient beaucoup de satisfaction. Ils minaient l'espace des rêves comme ils minaient la terre, faisant des trous, extrayant des gemmes, emprisonnant ses animaux sauvages, piétinant ses plantes aux mille vertus. Ils trouvaient ce matériau immatériel absolument délectable et s'en faisaient des festins lors d'orgies dont les noms varièrent au gré des siècles.

De fait les gemmes issues de l'espace des rêves devinrent de plus en plus rares. Les hommes se les arrachaient, en prétendant l'avoir trouvée le premier. Les créations devenaient de plus en plus semblables. Or la délectation que trouvait l'humain dans les créations issues du monde des rêves résidait dans leurs nouveauté. On en vint à craindre une pénurie de gemmes qui terrifia l'humanité, bien plus que les antiques pénuries d'énergies fossiles, dont elle gardait le coupable souvenir, et qui l'avait obligée à explorer le monde des rêves, croyant ce lieu de conquête inépuisable.

Les mineurs de rêves, qu'ils soient poètes, scientifiques ou philosophes, étaient avant tout d'habiles pratiquants du rêve lucide. Cette discipline s'était développée à la fin de l'âge sombre, comme un remède, un échappatoire peut-être, aux difficiles découvertes que devait faire l'humanité de ce temps. Ils étudièrent le monde des rêves comme une terra incognita. Remarquant les éléments de la veille qui s'y retrouvaient, ils se mirent à modeler des parcours pour atteindre certains points que nul n'avait pu atteindre auparavant. Les associations d'odeurs étaient particulièrement efficaces et permettaient de profonds voyages et des rencontres avec des êtres qui accueillaient les nouveaux visiteurs comme des amis.

Malheureusement ce n'était pas réciproque. Sans être hostiles, les mineurs de rêves étaient avant tout à la recherche de nouvelles choses, de nouvelles expériences à offrir à l'humanité, qui sombrait de jour en jour dans l'ennui. Ces aventuriers eurent des temps difficiles et quelques beaux succès. Ils crurent voir des villes et des villes poussèrent sur la terre. Ils crurent voir beaucoup d'or et l'on se battit pour obtenir de l'or sur la terre. Ils crurent voir des êtres voler et ils se mirent alors en quête de solutions pour pouvoir le faire à leur tour. C'était comme si le monde devait ressembler au monde des rêves.

Ceci les amena, comme nous le savons, à grandement

bousculer notre planète, car elle n'est pas faite de la même matière que le monde des rêves. C'est de cette manière, en croyant dans leurs rêves, que les humains industrialisèrent leur vie et le monde. Ils allèrent très loin dans la copie du monde des rêves pour pouvoir comprendre ce que le monde des rêves et son peuple essayaient de leur dire depuis le début.

Celui dont nous nous souvenons sous le nom d'Effaxel était un mineur de gemmes mélodiques qui enchantait les ondes des postes de transmission. Ses trouvailles marquaient généralement la tendance de l'année et ses mélodies étaient copiées, souvent déformée, jusqu'à l'usure. Comme tous les mineurs, il était missionné par l'humanité toute entière qui avait besoin de cette fraîcheur et de cette nouveauté, comme un nourrisson tète au sein de sa mère.

Un jour qu'il revenait d'un rêve lucide sans aucune trouvaille, il eut un doute : le monde réel ressemblait tellement au monde des rêves qu'il n'était plus sûr de savoir dans lequel il se trouvait. L'humanité avait mis toute sa force à croire dans ses rêves en oubliant un détail : le monde des rêves se nourrissait lui aussi du monde réel. Mais s'il était très difficile de recréer avec de la matière terrestre les images et les impressions du monde des rêves, dans le monde des rêves il était très facile de reproduire les images et les impressions du monde terrestre. S'agit-il d'une sorte de mécanisme de défense du monde des rêves ? Ou bien se nourrit-il de nos réalités comme nous le faisons avec lui ? Toujours est il que peu à peu les chercheurs de gemmes se trouvèrent de plus en plus confrontés à la difficulté de distinguer un monde de l'autre.

On pourrait penser qu'ainsi l'humanité avait atteint son but, qu'elle pouvait enfin trouver la paix. Ce n'était pas le cas. Effaxel fut bien sûr le premier mais il faut rendre grâce au courage de tous les mineurs qui le suivirent dans son entreprise folle. Sans eux il n'aurait pas pu réparer des siècles et des siècles d'incompréhension en quelques années. Il prit une petite gemme qu'il avait trouvé au début de ses pérégrinations dans le monde des rêves. Elle était terne et grisâtre bien qu'il se souvenait de sa lumière et de son éclat lorsqu'il l'avait trouvée. L'humanité l'avait usée, épuisée. Il remarqua son état dans le monde des rêves car dans le monde réel c'était une mélodie. Pour retrouver l'endroit où il l'avait trouvée dans sa jeunesse il rassembla des senteurs de l'époque, notamment de la bière et de la lavande dans un godet de cuir cousu. Lorsqu'il trouva l'endroit il y déposa la gemme qui instantanément se mit à briller de nouveau. Ainsi commença la grande restitution.

Les gemmes furent remises en place, les trous rebouchés, les animaux libérés, les plantes replantées. Le monde des rêves reprit des couleurs, et avec lui la terre et l'humanité, car nul ne peut vivre et dormir dans la même réalité. Les rêves reprirent leur place de rêve et la réalité put enfin devenir le véritable objet de l'attention des humains. En retrouvant le repos dans le sommeil, ils changèrent totalement leur manière d'utiliser leur vie. Dans leurs rêves, le monde était plein de magie et de beauté, mais ils n'y croyaient plus. Ils savaient que cette magie et cette beauté poursuivaient leurs propres buts, se nourrissaient de leurs aventures, de leurs joies comme de leurs peines, et qu'en retour elles les inspireraient. Les mélodies se firent plus neuves et fraîches que jamais, les créations plus souples, lumineuses et colorées. L'humanité dansa pendant plusieurs siècles. Et l'on dit que c'est cette danse de joie qui permit au premier Arbrocristal de pousser.

LE PRIX D'UN BAISER

Il est dit que les humains ne pouvaient pas comprendre les implications que représentait l'existence de l'Arbrocristal tant qu'ils accordaient une valeur intrinsèque aux choses. Cette découverte modifia à jamais la structure des échanges humains, qui avait fini par se matérialiser sous forme de monnaie, tant il était impossible de tenir le compte des dûs. Quel était le prix d'un baiser, d'un je t'aime ou d'un adieu ? Voici la question qui se posa aux premiers hommes qui découvrirent l'Arbrocristal.

Ils furent pris pour des fous lorsque, rentrant dans leur cité aux contrôles électroniques étendus du plus infime choix esthétique que pouvait représenter celui de la couleur de sa montre jusqu'à l'organisation des transports de masse urbain, ils se mirent à liquider tous leurs avoirs numériques. Leurs familles prirent panique et les jetèrent aux rues où plus le moindre brin d'herbe ne pouvait pousser. Pour eux-mêmes cela ressemblait plus à un choc qu'à une décision mûrement réfléchie. Ils savaient qu'après avoir vu l'Arbrocristal ils ne pouvaient pas faire autre chose.

Il est étonnant de penser que cette faculté de l'Arbrocristal de réduire à néant toute conception mensongère dans le cœur de l'être humain soit la première que les hommes remarquèrent, quand on connaît l'ensemble des découvertes et des changements qu'il permit à l'humanité d'opérer. Cela nécessite d'accepter que les humains aient pu se fourvoyer beaucoup, particulièrement pendant l'âge sombre qui précéda sa découverte, et laisser pendant des millénaires le mensonge conduire leur vie.

Aujourd'hui nous savons bien que la valeur qu'un être humain met dans quelque chose vient de lui et nous savons que cette valeur est à la fois personnel et inestimable. Et quand nous échangeons quelque chose avec quelqu'un, nous nous efforçons de trouver l'équilibre entre les valeurs humaines, nous savons que les choses ne sont rien. Combien l'homme ancien serait surpris de voir des maisons s'échanger contre des pommes de terre ! C'est lui qui serait le fou s'il était parmi nous !

Mais ce qui se passa, alors que les premiers découvreurs de l'Arbrocristal commençaient à raconter leur histoire aux passants contre quelques pièces, est encore plus étonnant. Car ils vinrent à eux de plus en plus nombreux leur demander où trouver l'Arbrocristal. Ils ressentaient un désir ardent de ne plus posséder d'autres valeurs que la leur. Les découvreurs s'étaient faits surprendre par le pouvoir de l'Arbrocristal. Mais eux sont les vrais pionniers car c'est de leur plein gré et en leur âme et conscience qu'ils se rendirent au pied de l'Arbrocristal écouter sa sagesse silencieuse.

Les fausses valeurs mirent du temps à disparaître de la surface de la terre. Mais le mouvement était irrésistible car en aucun lieu quiconque qui avait approché l'Arbrocristal et modifié sa conception des choses n'a été vu souhaiter revenir en arrière.

C'est ainsi que la valeur de l'être prit le pas sur la valeur des choses.

Et, aujourd'hui que l'Arbrocristal n'est plus qu'une légende, il est bon de se rappeler le renoncement de ces pionniers lorsqu'une fausse valeur issue d'un cœur atteint d'insatisfaction ou d'une poussière cosmique égarée se présente à vous.

Comment la sève remplaça l'argent

Ygmar était un garçon aventureux. Il vivait en ces temps où les créations des hommes fabriquées avec les chairs et les fluides mêmes de la terre s'échangeaient contre des disques en métal, des feuilles de papier imprimées et des chiffres qui ne signifiaient plus rien pour personne. Un œil extérieur aurait pu croire que ces chiffres récompensaient une certaine forme d'intelligence, mais de complexes facteurs influençaient leur distribution à la population humaine.

Ces chiffres donnaient par exemple la possibilité à des humains de commander beaucoup d'autres humains. Et il était admis que ceux qui disposaient de beaucoup de chiffres pouvaient faire faire ce qu'ils voulaient à ceux qui avaient peu de chiffres. L'intelligence telle que nous la connaissons aujourd'hui n'intervenait donc presque jamais dans les échanges.

Je dis « presque » car « jamais » tout seul ne pourrait être exact. En fait, quand vous achetiez une création humaine (acheter avait à l'époque le sens que nous prêtons aujourd'hui au fait de donner de la sève), donc quand vous achetiez une création, vous deviez donner un chiffre correspondant à l'ensemble des étapes de fabrication de la création : du ponctionneur du corps de la terre à l'assembleur, à celui qui avait eu l'idée et même à celui qui vous le vendait ! Les chiffres se déplaçaient ainsi des uns aux autres comme des vagues.

Certaines familles commandaient un temps, puis c'était d'autres. Cela créait bien sûr des guerres. Et l'humanité était tellement empêtrée dans ces histoires de chiffres qu'elle ne voyait pas comment s'en sortir...

Néanmoins, et pour revenir à mon « presque », une première fissure apparut dans ce système sous le nom de « gratuit ». « Gratuit » signifiait que vous n'aviez pas à donner de vos chiffres pour avoir quelque chose. Il faut comprendre qu'à l'époque on accordait une importance immense à qui avait quoi. Aujourd'hui cette importance est presque totalement remplacée par qui se sert de quoi.

Ainsi Ygmar, qui était un jeune homme de chiffre moyen, n'arrivait pas à se satisfaire de cette position. Il trouvait ce système injuste et que, bien souvent, ceux qui commandaient à d'autres n'avaient que leurs chiffres pour le justifier. Et que, si on baissait leurs chiffres, ils se retrouveraient à devoir obéir à un autre dont le chiffre serait plus élevé.

Ygmar n'en savait rien mais ce qu'il venait de découvrir c'était la sève des gens, ce qui faisait de chacun un être unique et sans pareil. Mais pour la découvrir il dût d'abord découvrir sa propre sève. Il se rendit compte que tout ce qu'il faisait et créait était plus beau en dehors du monde des chiffres. Il se mit donc à faire et à créer « gratuitement », comme on disait à l'époque, juste pour honorer ce qu'il était, qui il était et pour qui il le faisait. Il avait rompu avec la plus grande illusion qui régissait son temps : que l'on avait besoin de chiffres pour vivre. Et comme ses créations étaient si belles, tout le monde se les arrachait. Et comme ils en voulaient toujours plus, ils lui donnaient tout ce dont il avait besoin.

La bataille fut longue entre zéro et les autres chiffres. Il avait la force de les engloutir, mais ils ne perdirent pas la face si facilement. Néanmoins Ygmar inspira beaucoup d'autres créateurs qui ne se reconnaissaient pas dans le système des chiffres. La sève commença à couler dans les échanges humains à la place de l'argent. Elle avait la force de pouvoir s'adapter aux situations, aux personnes, aux saisons... là où l'argent restait figé en toutes circonstances. Et la sève a fini par faire oublier les chiffres qui ont pu retrouver leur place d'outils au service de l'homme, comme le feu ou le silex.

Un jour, trois érudits conversaient sur la place d'un marché ambulant.

Le premier assurait aux deux autres :

– Je me fonds totalement dans le passé, car en lui se trouvent toutes les réponses aux questions du présent et du futur. En l'écoutant, je trouve ainsi la paix.

Le deuxième réfutait :

– Le passé contient assurément beaucoup de choses, il contient à vrai dire tout ce que l'on peut observer. Mais rien n'est observable en dehors de l'instant présent. C'est pourquoi je m'absorbe dans mon entièreté dans la contemplation du moment présent, dans son infinitésimale brièveté, où seule pour moi réside la vérité.

Le troisième n'entendait rien aux discours des deux autres :

– Vous me paraissez bien fous de croire trouver la paix et la vérité dans le passé et le présent, sans vous rendre compte que chacun de vos actes, comme chacune de vos pensées, sont tournés vers le futur. Car désirer la paix, comme désirer la vérité, signifie vouloir changer son être, donc son futur. Voyez comme le futur donne lui seul sens au passé comme au présent. Pour ma part, je m'inspire du futur pour comprendre le présent et le passé.

Entendant ces mots, un jeune garçon qui passait par là leur demanda :

— Mais d'où vient le temps, messieurs les sages ?

La question les ébranla.

— Mais du passé, voyons ! s'empressa de dire le premier. Il s'écoule comme une rivière pour rejoindre l'océan du non-temps, continua-t-il en se surprenant de cette improvisation.

— Absolument pas ! interrompit le deuxième. Le temps naît et meurt dans l'instant présent. Tout s'y trouve comme dans une bulle. Et en dehors de lui s'étend l'espace du non-temps, finit-il, lui aussi étonné par cette conclusion.

Le troisième prit une seconde de réflexion, observa le jeune garçon et ses confrères, et finit par dire :

— Hmm, je crois que vous vous égarez mes frères. Le temps ne peut provenir que du futur. Telle une pelote de laine dévidée, nous remontons chacun par nos vies le fil jusqu'à parvenir au but final, la toile de l'univers, qui nous inspire nos réussites comme nos erreurs… et au-delà de laquelle s'étend le vide du non-temps, finit-il par dire en s'étranglant à moitié.

Le jeune garçon semblait satisfait :

– Messieurs, je pense que vous avez trouvé là un sujet de conversation beaucoup plus constructif que le précédent, et sur lequel vous êtes au moins d'accord : le temps s'écoule dans le non-temps. Je vous laisse examiner cela.

Les trois érudits firent des yeux ronds :

– Mais… qui es-tu petit ?

Le jeune garçon avait déjà disparu dans la foule.

Un immense silence

Durant les quelques jours qui précédèrent la découverte du premier Arbrocristal, un immense silence se fit. Les voitures ne voulaient plus démarrer, les avions ne décollaient plus, les oiseaux et les insectes semblaient attendre, le vent avait cessé de faire bruisser les feuilles. Plus aucun appareil électrique ne fonctionnait. C'était comme si l'air avait cessé de permettre à tout le système humain de fonctionner. Les querelles en perdaient leur sens. Tout semblait attendre. Et c'est lorsqu'un premier être humain posa le doigt sur l'écorce de l'Arbrocristal qu'un oiseau commença à chanter.

La voix de cet être humain se mêla alors à celle de l'oiseau. La vibration se transmit du doigt à l'écorce, à travers les milliers de petits cristaux incrustés, amplifiant le son, résonnant dans le réseau souterrain à travers les racines. L'onde se propagea de proche en proche, réveillant les oiseaux, les insectes. Dans la gorge de chaque être humain que croisait l'onde se dénouait un chant qui semblait venir du plus profond de l'être. Il s'accompagnait souvent d'un déluge d'émotions, de larmes, de rires, de cris. Car il avait l'étrange pouvoir de dissoudre toutes les apparences, tous les faux semblants, toutes les dissimulations. Ce chant semblait donner tort à tout objectif, à toute ambition, à toute intention qui n'était pas en accord parfait avec l'ensemble de la vie.

Ce chant sortait irrésistiblement au chemin de l'onde, sanglots d'âmes réalisant leur éloignement d'elles-mêmes, poitrines soulevées par la libération de tensions millénaires. Les âges n'avaient plus compte. Chacun faisait face à l'enfant comme au vieillard en lui-même. Cela créa une immense cacophonie à mesure que l'onde recouvrait la Terre. L'immense solitude dans laquelle laissait cette traversée du miroir ne laissait aucun répit.

C'est lorsque ce chant eût traversé l'ensemble des êtres humains que certains d'entre eux tentèrent quelque chose. Au milieu du grand brouhaha, certains tentèrent d'harmoniser leurs chants. À plusieurs endroits sur la planète, deux chants commencèrent à s'accorder, résolvant la solitude, s'équilibrant parfaitement sans que l'un ne prenne le dessus sur l'autre.

Puis à ces chants un troisième venait se joindre, puis deux chants déjà réunis se mêlaient aux précédents, puis cinq, puis sept, et ainsi de suite jusqu'à ce que les spirales de chants harmoniques finissent par se rejoindre et recouvrir toute la surface de la planète.

Lorsque le dernier être humain eut harmonisé son chant, l'Arbrocristal émit un tintement qui fut ressenti dans le cœur de chaque être humain.

C'est ce tintement que nous appelons la graine, cette force qui nous relie les uns aux autres et à toutes choses, qui a traversé le temps de génération en génération jusqu'à nous, et que nous aimons tant renouveler par nos chants.

La guérison émotionnelle
de l'humanité

L'apparition du premier Arbrocristal et l'impossibilité physique comme psychique pour tout être humain de lui souhaiter le moindre mal créa un précédent.

En effet, auparavant les humains ignoraient que leur pouvoir de destruction était limité. Ils pensaient, même s'ils ne le faisaient pas forcément, que tout pouvait être détruit, dissocié en parties plus petites, jusqu'à une taille infiniment minuscule. La découverte de l'Arbrocristal mit un terme à cette croyance. Il était impossible, même par la pensée, et cela est toujours vrai aujourd'hui, de penser à l'Arbrocristal en parties. Penser à ses feuilles bruissant dans le vent, à ses cristaux chantant sous la lune, à ses racines qui s'enfoncent puissamment dans la terre et semblent puiser leur force en son cœur même, nous ramène immanquablement à nous-mêmes. Car la graine à l'intérieur de chaque cœur humain y est à jamais connectée.

Cependant, il faut accepter de savoir que plusieurs siècles de l'histoire humaine furent consacrés au développement de ce qu'on appelle aujourd'hui la pensée disséquante. Elle se fondait sur la croyance que la compréhension des parties permettait de comprendre le tout. On pensait alors que création et destruction s'opposaient et se complétaient. Cela ne tenait pas compte d'une chose importante : pour pouvoir détruire il fallait pouvoir en être témoin. Or toute pensée destructrice approchant de l'Arbrocristal résonne immanquablement dans le cœur de celui qui la produit. Seule subsiste dès lors la création.

Les humains continuèrent quelque temps leurs destructions mais la présence, l'existence de cet impossible, rendit peu à peu ces croyances divisées caduques. Par une autre astuce dont l'Arbrocristal a le secret, toutes les pensées créatives qui se tournent vers lui sont transformées en enthousiasme, en joie de vivre, en complétude.

Ces deux propriétés de l'Arbrocristal permirent aux êtres humains de mieux comprendre le pouvoir de leurs pensées. L'impossibilité d'atteindre l'Arbrocristal en aucune façon, quel que soit le pouvoir de la personne (à l'époque le pouvoir était concentré dans certains êtres humains pendant que la majorité ne disposait que d'un pouvoir immensément réduit), s'étendit, et ceci est à mettre au compte de la tendresse humaine, de proche en proche à toujours plus de choses : végétaux, animaux, pierres... Les hommes de pouvoir, dont le pouvoir était fondé uniquement sur leur capacité à détruire, en furent tout naturellement dépossédés. Chaque être humain se trouva dès lors, et jusqu'à aujourd'hui, doté d'un pouvoir égal et identique, animé par sa graine, de création et de joie.

Lorsque la tendresse fut comprise comme étant le tamis le plus efficace des pensées, l'Arbrocristal émit un tintement qui fut perçu par chaque être humain au cœur de sa graine. Et sur certaines sépultures humaines on commença à voir pousser un Arbrocristal...

Lorsque l'insouciance faillit disparaître

Au-delà de tous les bienfaits qu'un Arbrocristal produit pour les populations qui l'entourent, le plus directement accessible est sans aucun doute le sentiment d'insouciance qu'il procure.

En effet, chacun sait combien ses émanations de paix sont bienfaisantes et permettent à tous, humains, plantes, pierres, animaux, êtres en dehors du spectre visible, de vivre en harmonie. L'amour qu'il reçoit en retour de la part de tous ces êtres semble être un élément important de son fonctionnement énergétique, au même titre que l'amour du soleil, du vent ou de la terre.

Dès lors on pourrait penser « Que serions-nous sans l'Arbrocristal ? Avons-nous besoin de ses émanations de paix pour vivre ensemble ? » Ces questions vibrent dans la graine de chacun d'entre nous pour une raison précise : le premier Arbrocristal apparut sur cette planète à un moment où l'insouciance avait presque totalement disparu.

Les pierres, les arbres, les animaux, sans parler des êtres humains, même les étoiles, plus rien n'était en paix.

La terre grondait pour se défendre, le ciel s'abattait en trombes pour purifier. Rien n'y faisait. Une force ennemie de l'insouciance s'était mise à la traquer partout où elle se trouvait. De ce fait, les gens étaient sans cesse tourmentés, et l'ordre naturel des choses perpétuellement dérangé. L'insouciance fut martyrisée jusque dans la chair des hommes et des femmes, de leurs enfants nés ou à naître.

Pourquoi cette force dévorante était-elle autant préoccupée par l'insouciance dans le monde ? Sans aucun doute parce que l'insouciance, même sa plus petite et dernière étincelle, constituait une menace vitale pour elle. Ce que l'histoire allait bien évidemment prouver.

Néanmoins, à l'époque, elle fit tout pour éradiquer l'insouciance de la surface de la terre, et elle fut très proche d'y parvenir. Du moins, c'est ce que s'attacha à lui laisser croire la plus grande partie du vivant. Et c'est ce qui permit de mettre à nu sa passion dévorante.

Lorsque, dans un même mouvement spontané, des hommes, des femmes, des enfants du monde entier choisirent de protéger leur insouciance face à la force dévorante, ils découvrirent qu'ils détenaient en réalité un pouvoir incommensurable : celui de faire reculer la peur, le pouvoir, la misère, par le choix de leur cœur. Ils découvrirent que l'insouciance, en réalité, est invincible. Ils acceptèrent de la laisser les transformer de l'intérieur, et devinrent les témoins qu'une autre voie était possible.

La force dévorante ne pouvait rien contre eux tant qu'ils se tenaient sur cette voie étroite dénuée de peur et de colère.

On pense que l'insouciance de ces résistants fut primordiale dans le processus d'éclosion de la graine du premier Arbrocristal.

Quant à l'origine de la force dévorante, on cessa de l'attribuer à la nature du coeur de l'homme pour la voir pour ce qu'elle était : de l'insouciance déguisée qui cherchait à se réveiller de l'oubli.

La question qu'il reste à élucider est donc la suivante : la paix qui émane de l'Arbrocristal est-elle une résonance de l'émanation d'insouciance qui lui a permis de naître ?

Le secret d'Importance

Importance était une belle jeune fille que l'on voyait traverser les villages en haillons, soulevant les tonneaux, farfouillant les buissons, gazouillant les oiseaux. Elle amusait tout le monde car personne ne savait ce qu'elle cherchait. Et l'on se gardait bien de le lui demander car tous ceux qui l'avaient fait s'étaient retrouvés plongés dans une perplexité profonde qui durait plusieurs jours.

Quand ils revenaient à eux, il était impossible de savoir ce qu'elle leur avait dit ou ce qu'ils avaient vu dans les abysses de ses yeux. Ils reprenaient peu à peu leurs activités normales et leurs jeux, riaient à nouveau, plongeaient dans l'eau avec délectation, souriaient aux montagnes. Et quand Importance repassait dans le village, ils se tenaient à distance d'elle, comme si une menace subtile émanait d'elle, qu'ils étaient les seuls à connaître.

Importance pouvait apparaître au beau milieu d'une raconterie et semer la zizanie en fouillant les cheveux des écouteurs ou du raconteur, avant de lever un regard effarouché vers la lune, puis disparaître comme elle était venue. Importance pouvait entrer dans votre maison, ouvrir vos placards, visiter votre grenier, soulever les tapis, et repartir sur ses pieds nus agiles et frénétiques.

Importance pouvait entrer où elle voulait, faire ce qu'elle voulait, car personne n'avait ce qu'elle cherchait. Elle semblait aimer particulièrement la compagnie des enfants, restant près d'eux lorsqu'ils pleuraient, et les années ne semblaient pas l'atteindre. Cette énigme silencieuse, tourbillonnant sur les places et au coin des rues, faisait tout simplement partie du paysage.

Gostibri était un garçon futé. La première fois qu'il vit Importance, son cœur eut un mouvement inhabituel. Entre les étals du marché il se mit à la suivre, sur les routes de la région il foula les mêmes poussières, aux abords des hameaux il dormit sous les mêmes étoiles. Mais sans jamais se faire repérer.

Au début, il gardait ses distances. Mais plus il s'habituait à la vivacité des gestes d'Importance, plus il gagnait du terrain. C'est ainsi qu'il découvrit qu'Importance murmurait. Chaque chose qu'elle touchait recevait son murmure. Gostibri ne comprenait pas les mots qu'elle prononçait mais cette découverte le laissa songeur de longues heures.

Ce qui l'intriguait également, c'est qu'Importance ne mangeait jamais. Ces questions commencèrent à enfler en lui, au point de gêner sa respiration, pourtant si légère et souple d'habitude.

– Je dois en avoir le cœur net, se dit-il une belle nuit.

Alors qu'Importance était allongée sur le dos au milieu d'une clairière, il s'approcha d'elle le plus possible, usant de toutes ses ressources pour ne pas faire le moindre bruit. Tendant l'oreille, les murmures se firent mots. Et ce qu'il entendit le bouleversa à jamais.

– Toi l'étoile, je me donne à toi. Toi la feuille d'arbre, je me donne à toi. Toi le grain de poussière, je me donne à toi. Toi le brin d'herbe, je me donne à toi. Toi le chant du hibou, je me donne à toi… et ainsi de suite, sans jamais s'arrêter.

Le cœur de Gostibri battait la chamade. Comment pouvait-on passer sa vie ainsi ? Sentant qu'il ne pourrait pas porter une question de plus sans étouffer complètement, il se leva et s'approcha, chancelant, d'Importance.

– Toi Importance ! Je me donne toi ! lança-t-il en direction de la jeune fille en tombant sur les genoux, comme si c'était son dernier souffle.

La jeune fille le regarda, effrayée, et disparut comme un coup de vent dans l'obscurité de la nuit.

Le corps de Gostibri s'abattit sur le sol. Il respirait à peine. Mais il savait. Il avait vu dans les yeux d'Importance ce temps où elle avait été emprisonnée, où on l'avait obligée à se donner à des êtres et où on l'avait empêchée de se donner à d'autres... Il avait vu comment elle avait été libérée suite à la naissance du premier Arbrocristal et il comprit, le cœur qu'elle mettait à être égale avec toutes choses.

Des larmes coulaient sur ses joues à mesure qu'il prenait conscience de tout le travail d'amour que réalisait Importance à l'insu de tous. Il savait pourquoi ni lui ni quiconque ne pourrait plus jamais la posséder.

Table des matières

Contact : larbrocristal@gmail.com

Plus de contes, musiques, artworks :
https://larbrocristal.wordpress.com/